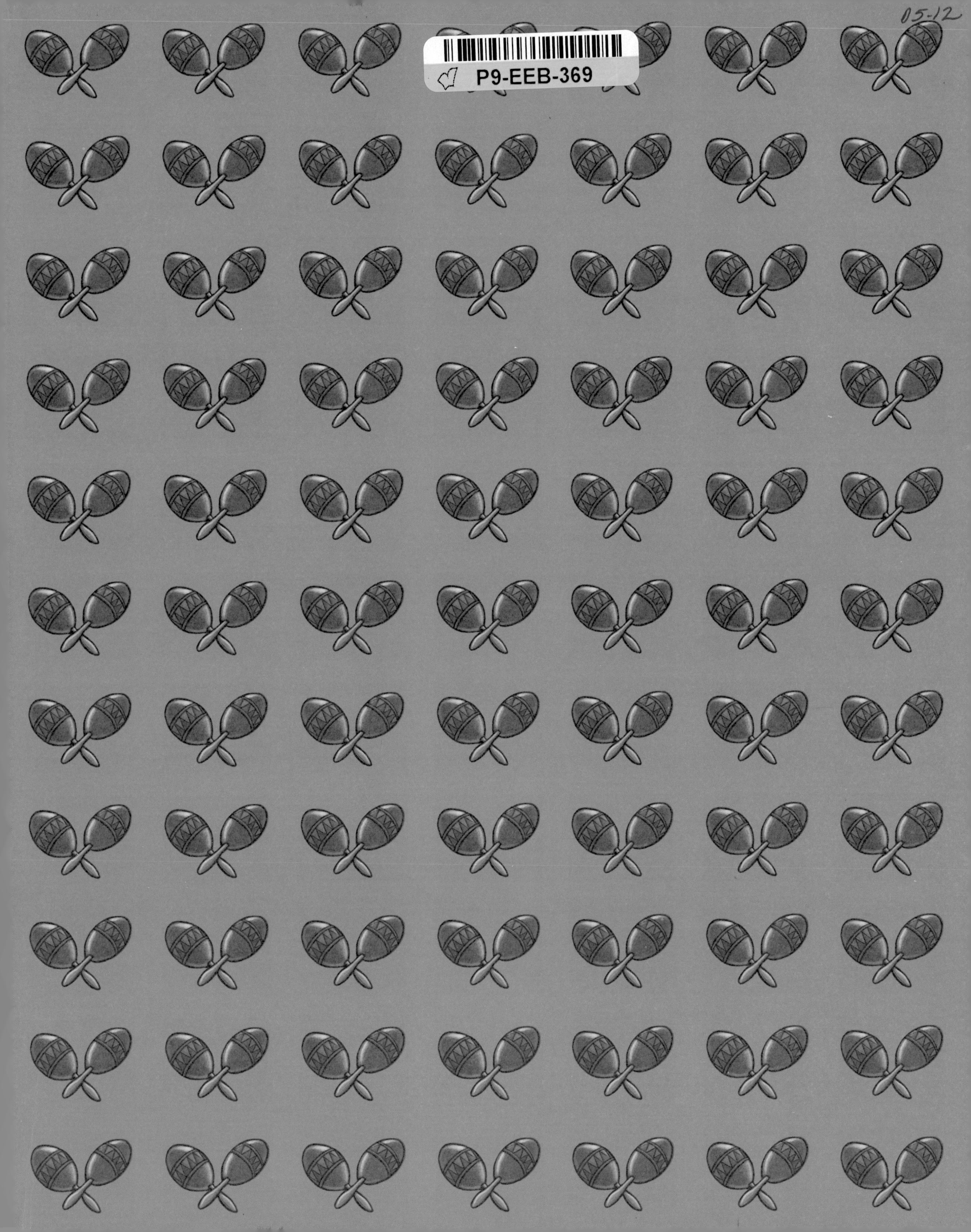
P9-EEB-369

Para todos los Gustavos del mundo,
y para una Magaly muy especial —J.D.S.

Para Nik y Shan —D.J.

Smith, J.D.

The Best Mariachi in the World / written by J.D. Smith; illustrated by Dani Jones; translated by Eida de la Vega = El mejor mariachi del mundo / escrito por J.D. Smith; ilustrado por Dani Jones; traducción al español de Eida de la Vega. – 1 ed. – McHenry, IL ; Raven Tree Press, 2008.

p.:cm.

Spanish Edition
ISBN 978-1887744-97-3 hardcover
ISBN 978-1887744-96-6 paperback

Bilingual Edition
ISBN 978-09770906-1-7 hardcover
ISBN 978-09794462-4-5 paperback

English Edition
ISBN 978-1887744-99-7 hardcover
ISBN 978-1887744-98-0 paperback

SUMMARY: Gustavo wants to be in the family mariachi band, but he cannot play the violines, trumpets or guitars. He finds his place in the band with his singing talent.

Audience: Pre–K to 3rd grade.
Available as Spanish–only, English–only, and Bilingual, with mostly English and concept words in Spanish formats

1. Ethnic Hispanic & Latino—Juvenile fiction. 2. Bilingual books.
3. Picture books for children. 4. Spanish language materials—Bilingual.
I. Illus. Dani Jones. II. Title. III. El mejor mariachi del mundo.

Library of Congress Control Number 2008920929

Printed in Taiwan
10 9 8 7 6 5 4 3 2 1
first edition

El mejor Mariachi del mundo

Escrito por J.D. Smith
Ilustrado por Dani Jones

Gustavo era el peor mariachi del mundo. Todos en su familia podían tocar un instrumento. Pero Gustavo no. Él no podía. No tocaba canciones en bodas y restaurantes. No usaba traje de charro y sombrero.

A veces, acariciaba el arco del violín de su hermano Raymundo, pero éste le decía:

—No toques el arco de mi violín. Podrías romperlo. No es para ti.

A veces, Gustavo trataba de tocar la trompeta de su tío Enrique. Su tío le decía con suavidad:

—Deja la trompeta. Se te puede caer. No es para ti.

Gustavo ni siquiera se atrevía a coger el guitarrón de su padre, pues era más grande que él.

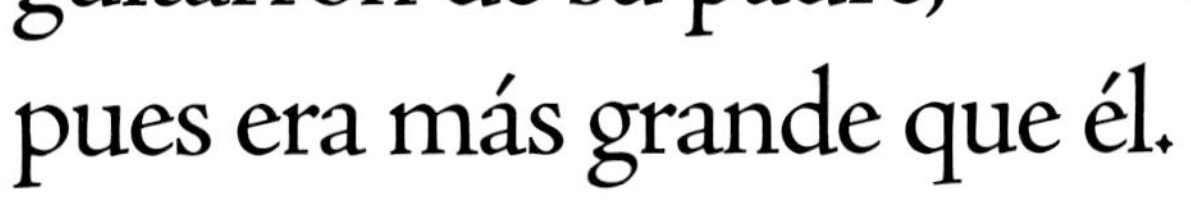

Gustavo se preguntaba qué se sentiría al pulsar las largas cuerdas. Se imaginaba que todo el mundo lo escucharía. Los hombres y las mujeres se levantarían a bailar. Todos los niños bailarían y aplaudirían.

Él sería Gustavo, el gran mariachi.

Pero eso no iba a pasar nunca. Nadie lo dejaría tocar. Siempre sería el peor mariachi del mundo.

Ni sus primos lo dejaban tocar sus guitarras y guitarrones. No lo dejaban tocar sus trompetas y violines.

—No es para ti —le decían.

Gustavo pensaba: "Quiero estar en la banda mariachi. Pero, ¿qué puedo hacer?".

Gustavo se levantó una mañana antes del amanecer. Miró al desierto y vio los cactos. Los saguaros se erguían enormes. Los nopales estaban cerca del suelo. El cielo era un negro cuenco lleno de estrellas. En algún lugar, ululó un búho. Un coyote se deslizó por la arena. Todo era hermoso.

No había nadie que tocara. Pero Gustavo tenía que pararse y cantar.

Al principio, cantó muy bajito, casi sin mover los labios.

Al día siguiente se levantó aun más temprano. Cantó en un susurro.

Y al otro día, cantó un poco más alto.

Al día siguiente, cantó aun más alto
No se dio cuenta de dónde estaba ni de
lo temprano que era.

Antes de que cantara el primer gallo, antes de que el primer rayo de luz saliera por el este, Gustavo cantó y cantó a voz en cuello.

Una por una, se encendieron las luces de las casas.

—¿Qué sucede? — gritó un hombre.

—¿Quién canta? — se oyó decir a una mujer.

—¿Quién es el cantante? — preguntó un niño.

Gustavo siguió cantando.

Cantó sobre viajeros. Cantó sobre lugares remotos y sobre el regreso a casa.

Cantó todas las canciones que se sabía tan bien como su propio nombre.

Una multitud salió a escucharlo.

Al fin, Gustavo terminó de cantar todas las canciones que se sabía. Se dio la vuelta para entrar. Era hora de dar de comer a los pollos.

La gente empezó a aplaudir. Les gustó cómo Gustavo cantaba.

—¡Gustavo! —le dijeron—. ¡Bravo! ¡Muy bien!

Continuaron aplaudiendo. Las mujeres agitaron sus pañuelos.

Su hermano lo abrazó y le dijo:
—Eres un verdadero mariachi.

Su padre le dijo:
—Tú, hijo mío, tal vez seas el mejor mariachi del mundo.

Sus primos cargaron a Gustavo, el mejor mariachi, hasta la casa. Le prepararon un enorme desayuno. Y les dieron de comer a los pollos.

La próxima vez que la banda tocó, Gustavo se puso un traje de charro. Se puso un sombrero. Cantó todas las canciones que habían provocado que la gente saliera.

Todo el mundo aplaudió y dio vivas. Gustavo se quitó el sombrero e hizo una profunda reverencia.

"Esto", pensó Gustavo, "es para mí".

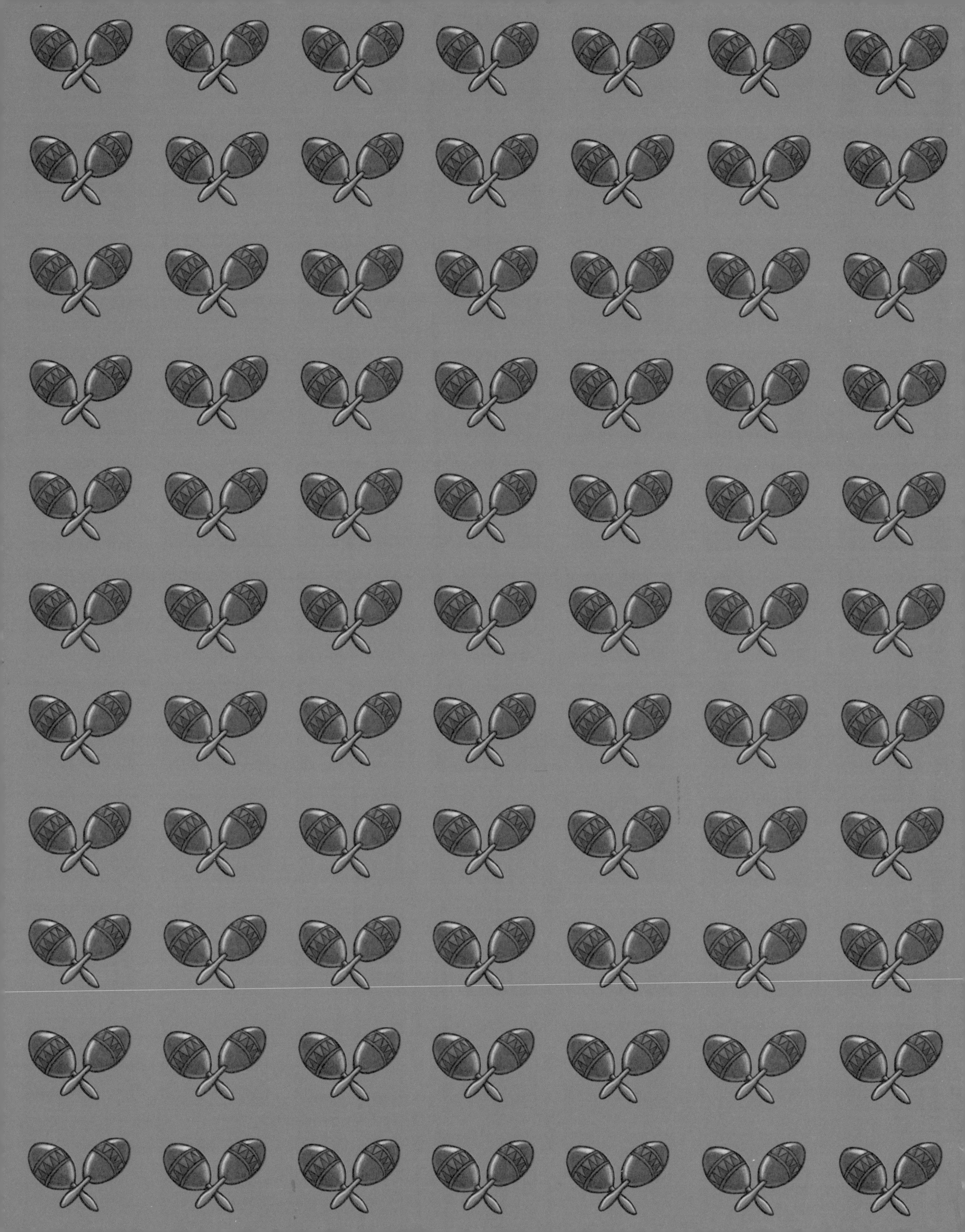